2024년 제2쇄
박 이 강

잡 인터뷰

잡 인터뷰

박이강

위즈덤하우스

차례

한국말 말고 영어로 인터뷰해도 될까요?

방금 자기를 TT라고 불러달라고 한, 아직 젖살이 안 빠진 듯 볼살이 통통한 그녀가 묻는다. 우리는 각자 면접관과 구직자의 자격으로 인터컨티넨탈 호텔의 비즈니스 센터에 있는 대형 회의실에 마주 앉아 있다.

한국말 하면 나 애기같이 말해서요. 특히 존댓말 불편해요. 같이 일하게 된다면 어차피 영어로 얘기할 테니까. 오케이?

어눌한 억양이다.

나는 웃으며 물론이죠, 라고 답하지만
속으로는 움찔한다. 영어 인터뷰인 걸
알았다면 더 준비를 해야 했었는데…….
헤드헌터는 태연 테리 리라는 이름을 가진 미
본사의 아시아 총괄 디렉터가 한국인이라고만
했지, 이렇게 앳된 얼굴에 한국어가 서투른
사람이라는 건 말해주지 않았다. 헤드헌터도
그동안 메일로만 소통한 고객이라 잘
몰랐을지 모른다.

　　TT는 레게 머리를 정수리에 모아 묶은
흔치 않은 헤어스타일을 하고 있다. 저런
머리는 어떻게 감고 말리는 걸까. 나의 시선은
그녀의 왼손 집게손가락과 오른손 손목에
새겨진 문신에 잠시 머물다 금방이라도
뜯어질 것처럼 팽팽한 블라우스 앞섶을 채운
단추로 향한다. 아무리 봐도 블라우스는
체구에 비해 많이 작아 보인다. 호기심 가득한

아이 같은 눈길로 나를 쳐다보는 TT를 보며
오늘 인터뷰는 정말 잘해야겠다고 다짐한다.
나는 마른침을 삼킨다.

❖

그럼, 시작해볼까요?

테이블 위에 놓인 내 이력서를 한번 쭉
훑고는 TT가 가슴에 팔짱을 끼며 말한다.

참, 당신을 미즈 정이라고 부르는 대신
그냥 리아라고 불러도 되겠죠?

나는 영어로 인터뷰해도 괜찮냐던 앞선
질문과 마찬가지로 물론이죠, 라고 대답한다.

리아, 혹시 게임 좋아해요? 어떤 캐릭터
좋아해요? 만약 유명 게임 캐릭터가 될 수
있다면 어떤 캐릭터가 되고 싶어요? 그리고
그 이유는 뭐죠?

속사포처럼 이어지는 뚱딴지같은 질문에 가슴이 철렁 내려앉는다. 나는 한 번도 비디오게임을 해본 적이 없다. 나는 짐짓 아무렇지도 않은 표정으로 말한다.

글쎄요. 게임을 별로 좋아하지 않아서요. 이 회사가 게임과 관련 있는 줄은 몰랐네요.

아, 아무 관련 없어요. 보통 인터뷰 시작할 때 자기소개해보라고 하잖아요. 하지만 그런 질문은 딱 질색이라서요. 이런 질문이 더 낫지 않아요? 최근에 뽑은 제 어시스턴트한테도 이 질문을 던졌었는데, 아, 정말이지 롤 캐릭터 얘기만 내리 30분을 했다니까요.

생각만 해도 재미있다는 듯이 킬킬대는 TT를 나는 약간 뜨악한 마음으로 바라본다.

우리 부모님은 나를 초등학생 때 미국 사립학교로 보냈거든요. 정확히 말하면 거기다 버린 거죠. 처음 거기 가서 선생님하고 아이들 앞에서 내 소개를 해야 할 때마다 죽기보다 싫었어요. 그땐 진짜 투명 인간이 되는 게 소원이었다니까요. 리아는 자기소개하라는 질문 받으면 기분이 어때요?

나는 다시 당황한다. 동시에 표정에 그게 드러날까 봐 애써 옅은 미소를 짓는다. 기분이 어때요가 아니라 그 질문에 답하라고 하는 게 맞는 거 아닌가. 나는 내가 외우다시피 한 답변, 그러니까 짧지만 강한 인상을 줄 수 있게 표현과 메시지를 고심한 네 문장으로 된 자기소개를 해야 하나 말아야 하나 망설인다.

음……. 잡 인터뷰에서 자기소개를 해보라는 건 일종의 의무 문항 아닌가요?

에이, 뭘요! 여기 이력서에 다 나와 있는데요, 뭐.

그런가? 얼떨떨하면서도 왠지 그 말에 동조하고 싶은 마음이 든다.

사실 나야말로 자기소개를 해보라는 질문을 누구보다 싫어한다. 나는 대학 졸업 후부터 지금까지 지긋지긋할 정도로 많은 면접을 보았다. 첫 인터뷰는 엄마의 장례를 마치고 며칠 지나지 않아서였다. 대학 졸업식 바로 다음 날이기도 했다. 그날 난생처음 마주한 나이 든 면접관의 사무적인 태도와 건조한 말투는 지금까지도 잊히지 않는다. 이제부터 굉장히 위압적인 낯선 세계와 대면해야 한다는 걸, 그리고 세상과 나 사이의 권력의 기울기는 동등하지 않다는 걸 처음으로 실감한 순간이었으니까. 내 차례가 되자 그는 대뜸 자기소개를 해보라고 말했다. 예상 못 했던 질문이 아니었음에도 긴장한 탓이었는지 내 머릿속은 하얘졌다.

저…… 저는 정리아입니다. 저는…….

그 뒤로 무슨 말을 했는지 하나도

생각나지 않는다. 횡설수설했던 것만 기억난다. 다만 '나는 누구인가'라는 그 거대한 질문에 답하라고 당당히 요구할 수 있는 낯선 타인 앞에서 사정없이 쪼그라들었던 느낌은 지금도 생생하다. 혼쭐이 난 기분으로 그 회사를 빠져나왔을 때 엄마가 버릇처럼 했던 말이 생각났다.

　네가 말 안 해도 난 다 알아.

　그제야 엄마의 부재가, 설명하지 않아도 나를 알아주고 이해해줬던 유일한 사람의 영원한 부재가, 실감이 났다. 대번에 목울대가 뻐근해졌다. 이를 악물었지만 터져 나오는 울음을 참지 못했다. 무섭게 오열을 계속하는 아빠 때문에 장례식장에서도 참았던 울음이었다. 그때 나는 깨달았다. 앞으로 내가 말하지 않는 한 아무도 나를 먼저 이해해주진 않을 거라는 걸. 그리고 주어진 질문에 답하고

또 답해야만 그들은 내가 누군지를 겨우
알아봐줄 거라는 걸 말이다.

　나는 판에 박힌 잡 인터뷰가 싫어요.
고전적인 인터뷰 질문들 있잖아요.
자기소개를 해봐라부터 시작해서 후보자의
장단점, 전문성, 팀워크, 리더십, 소통 능력,
기타 등등을 묻는 뻔한 질문들요.

　과장되게 눈알을 굴리며 질색하는 표정을
짓는 TT를 보며 한국에서 자란 사람이 아님을
실감한다. 얘, 하는 말 맘에 드는데…….

　나도 판에 박힌 잡 인터뷰가 싫다.
아니 잡 인터뷰 자체가 싫다. 고작 한 시간
남짓한 시간 동안 묻고 답하는 형식으로
한 사람을 파악하겠다는 게 싫다. 한쪽은
일방적인 심판자의 자격과 동시에 어떤
질문이라도 던질 수 있는 권리를 부여받고,
반면 다른 한쪽은 그런 상대의 마음을 얻고

자신을 증명하기 위해 애써야 하는 불공평한 게임이라는 게 싫다. 밥그릇을 쥔 상대와 벌이는 고도의 탐색전에 필요한 가면을 써야 하는 것도, 상대가 듣고 싶어 하는 말을 전략적으로 해야 하는 부담도 싫다. 인터뷰를 마치고 나올 때마다 면접장에 점쟁이를 동석시켰다는 어느 재벌 총수의 일화가 떠오르는 건 차라리 그런 게 더 나은 방법이 아닐까 하는 회의가 들기 때문이다.

나는 오늘 우리가 편하게 그리고 솔직하게 이야기를 나눴으면 좋겠어요. 그러니까 리아도 나한테 궁금한 게 있으면 뭐든지 물어봐요. 나는 그냥 함께 일하는 게 즐거운 사람을 찾고 있어요.

잘하면 이 친구와 주파수가 맞을 수도 있겠다는 예감이 든다. 하지만 긴장을 늦춰서는 안 된다. 상대가 편하게 답하길

원한다고 하면서 던지는 질문일수록 더
경계할 필요가 있으니까. 지금 이 친구는
새로운 인터뷰 스타일을 구사하는 걸까.
아니면 고도의 심리전일까? 내 머릿속은
복잡해지기 시작한다.

  저는 마케팅을 하는 사람이기 때문에
사람들이 브랜드나 서비스를 선택하는 행동
패턴에 관심이 많습니다. 무엇보다 어떤
제품을 팔든 마케터에게는 다양한 관심사가
굉장히 중요하다고 생각해요. 사람은 옷도
사고, 콜라도 마시고, 음악도 듣고, 식당도
가고, SNS도 하니까요. 이런 생각이 확고해진
계기는 작년에 했던 프로젝트였는데요.
  나는 한참 동안 그 프로젝트를 하면서

겪었던 어려움과 성과에 관해 이야기한다.
시장 환경 분석 결과에서 흥미로웠던 점,
생각하지 못했던 변수, 외부 업체 선정의
중요성, 부하 직원의 실수, 경영진과의
소통 과정 등 두루두루, 하지만 핵심만
언급함으로써 내가 얼마나 적극적이고
유연하며 전체를 조망하는 시야를 가졌는지
자연스럽게 드러나길 의도한다. 아울러
그 프로젝트가 얼마나 보람을 느낀
경험이었는지도 강조한다. 하지만 처음부터
끝까지 내가 혼자 일을 다 했다는 투로
들리게 하는 건 금물이다. 내가 사람을 뽑을
때 가장 경계하는 게 바로 협업 능력이
의심되는 사람이니까. TT는 말버릇인지 내
말이 끝날 때마다 추임새를 넣듯 쿨!이라는
말을 내뱉는다. 중간에 한두 번은 고개까지
끄덕인다. 이 정도면 아직은 순항하고 있구나

싶다. 말이 끝나자 TT가 묻는다.

　그런데 회사를 옮기려는 이유가 뭐죠?

　판에 박힌 인터뷰는 싫다면서……. 어쨌든 예상했던 질문이다.

　회사가 갑작스럽게 다른 회사에 인수되었어요. 합병 발표가 4월 1일에 났는데요. 상상도 못 했던 일이라 처음엔 많은 직원들이 만우절 농담인 줄 알았죠.

　만우절 농담이었대도 고약한 농담이었겠군요.

　그렇죠. 더 고약한 건 그게 농담이 아니라 현실이라는 거고요. 지난 7년 동안 함께 일하며 정든 우리 부서 헤드도 그 결과로 갑자기 회사를 떠나게 되었어요. 하지만 이 모든 변화가 제 의지로 어떻게 할 수 있는 게 아니기 때문에 크게 상심하진 않습니다. 오히려 새로운 도전과 기회를 모색할 타이밍으로 느껴져요. 저는 다시 초심으로 돌아가 기꺼이 열정을 바쳐 일할 수 있는 곳을 찾고 있습니다.

나는 준비한 대로 이야기한다. 직장을 서둘러 구해야 하는 상황으로 내몰린 지금의 처지를 생각하면 허망한 기분이 드는 것도 사실이다. 승진 대상자에 올라 기뻐했던 게 불과 6개월 전이었다. 부서 사람들은 금요일인 오늘 내가 말쑥한 정장 차림으로 출근해서 오후에 반차를 내고 뭘 하러 가는지 눈치챘을 것이다.

이번이 벌써 세 번째 회사와의 인터뷰다. 첫 번째 회사와 2차 인터뷰까지 갔다 떨어졌을 때만 해도 나는 아무렇지도 않았다. 평소였다면 눈길조차 주지 않았을 회사였기 때문이다. 다만 그쪽에서 먼저 링크드인 디엠으로 연락을 했기에 기막힌 타이밍이

신기하기도 하고 긍정적인 전조 같아 기분이 좋았다. 하지만 두 번째 회사인 Z사와 최종 인터뷰를 마친 후론 크게 낙담하지 않을 수 없었다. Z사는 이번 합병이 오히려 내겐 전화위복이 될지도 모른다는 생각이 들 정도로 꼭 가고 싶었던 회사였다. 나는 공들여 인터뷰를 준비했고 4차까지는 꽤 잘했다고 믿었다.

　문제는 사장과의 최종 인터뷰였다. 그는 약속 시각보다 30분이나 늦게 나타났다. 몸 구석구석을 자로 잰 듯 완벽하게 피팅된 양복을 입은 모습이었는데, 군살 없는 체구에 한 올의 머리털도 흐트러짐 없는 짧은 머리 그리고 날카로운 눈매까지 한눈에도 호락호락하지 않은 인상을 풍겼다. 그는 나와 눈도 마주치지 않고 반갑습니다, 라는 단 한 마디를 하고는 자리에 앉았다. 이어 손에

턱을 괴고 테이블 위에 놓인 내 이력서를
한참 동안 들여다보았다. 자기소개를 하거나
명함을 건네지도 않았다. 불편할 정도로
길게 느껴지는 침묵이 이어졌다. 소문대로
괴팍하구나 싶었다. 그는 곧장 첫 질문을
던지는 것으로 입을 열었다.

오늘 이 빌딩에 도착해 지금 이 회의실에
앉을 때까지 정리아 씨가 우리 회사에
대해 받은 인상을 다섯 가지 형용사로
말해주시겠어요?

형용사요?

네.

아니 요즘에도 이런 질문을 하나? 철
지난 인터뷰 스타일 아닌가? 속으론 그렇게
생각하면서도 나는 적당한 형용사를 떠올리기
위해 정신없이 머릿속을 헤집어야 했다. 더
고약한 건 매번 엉뚱한 질문을 던져놓고 나를

쳐다보는 그의 눈길이었다. 눈 한번 깜박이지
않고 무표정한 얼굴로, 마치 유리관 안에
든 실험용 쥐를 관찰하듯이 말이다. 나는
온 힘을 다해 그와 기싸움을 하는 기분으로
답변을 계속했다. 하지만 인터뷰 내내 뭔가가
어긋나는 느낌이었다. 툭하면 '나'로 시작하는
그의 말도, 오래 기다리게 해놓고 미안하다는
말 한마디 없는 것도, 몸에 밴 하대하는
말투가 정중한 언어의 외피로 포장된 것도 다
맘에 들지 않았다.

인터뷰가 끝나갈 즈음 그는 물었다.

정리아 씨가 지원하는 자리는
한국 오피스에서 본사와 가장 긴밀한
커뮤니케이션이 필요한 자리가 될 거예요.
본사가 워낙 프레젠테이션을 좋아하는
스타일이라 그때그때 한국 시장 관련
프레젠테이션도 도맡아 해야 할 거구요.

정리아 씨는 외국에서 살거나 공부한 적은 없는 것 같은데, 영어는 어느 정도 하시나요?

프레젠테이션이든 뭐든 업무에 필요한 소통에 전혀 지장을 느끼지 않을 정도는 합니다.

그러자 그는 다시 물었다.

그럼, 영어로 감동을 줄 자신이 있나요?

그의 표정이 하도 진지해서 나도 모르게 픽 하고 웃고 말았다.

글쎄요……. 한국말로도 아직 사장님께 감동을 주진 못한 거 같은데요. 혹시 감동하셨는데 제가 잘못 생각하는 건가요?

내 딴에는 웃기를 기대하고 한 말이었지만 무안하게도 그는 끝까지 딱딱한 표정을 풀지 않았다. 결과적으로 그는 감동하지 않은 게 분명했다. 헤드헌터는 그가 나 말고 다른 후보자가 보여준 의욕을 높이

산 것 같다고, 일단 기다려봐야겠지만 큰
기대는 하지 말라고 말했다. 그리고 오늘 이
회사와의 인터뷰에선 최대한 열의를 보이는
게 좋겠다고 귀띔했다. 다른 후보는 도대체
무슨 말을 했길래 더 의욕적으로 보였던 걸까.
내가 그렇게 열의가 없어 보였나.

어쩌면 그 사장은 나를 꿰뚫어 본
건지도 모르겠다. 맞다. 나는 지쳐 있다.
열의는커녕 하루하루 견디는 게 버거울
정도로. 갑작스러운 합병이 발표된 이후
회사가 돌아가는 꼴은 매일 1년 치의 혼란과
스트레스를 견뎌내야 하는 상황이다. 얼른
탈출하는 게, 잘리기 전에 다른 배로 갈아타는
게, 지금으로선 가장 이상적인 시나리오다.
나는 헤드헌터의 조언을 받아들이기로 했다.
생각해보면 놀랍지 않은 결과다. 눈에 차지
않는 곳은 나를 원하고, 반면 간절히 원하는

곳은 내게 호락호락하지 않다. 그건 첫 취업의
관문을 통과할 때부터 내가 일찌감치 깨달은
현실이었다. 취업 시장만 그런 게 아니었다.
인생의 많은 일에 있어 힘의 기울기는 똑같은
원리로 작동한다. 나는 서른 개가 넘는 예상
질문과 스크립트를 만들었고, 매일 퇴근 후엔
카페로 가서 업계 스터디를 했다. 다시 한번
오늘 인터뷰는 잘해야 한다고 다짐한다.
그리고 지금이야말로 진짜 영어로 감동을
줘야 한다는 것도.

TT가 묻는다.

다시 초심으로 돌아가 열정을 바쳐
일하고 싶다고 하셨는데, 지금 회사에선 그게
불가능하다고 생각하는 건가요?

불가능하지는 않겠지만 힘들 것으로
생각합니다.

왜 그렇게 생각하죠?

TT의 표정은 진지하다. 왠지 이야기의
흐름이 원치 않는 방향으로 흐르는 것 같다.
나는 변화를 두려워하지 않고 기꺼이 도전을
원하는 열의에 가득 찬 후보자로 보여야 한다.
문득 황 부사장의 얼굴이 떠오른다. 요즘 들어
그는 점령군의 충성스러운 앞잡이 노릇을
자처하기로 한 것처럼 군다. 어제도 격려인지
협박인지 모를 모호한 투로 저쪽 입장에서
보면 킵할 직원과 내보낼 직원은 한눈에
다 보인다고, 그러니까 정신 똑바로 차리고
일하라고 으름장을 놓고 갔다. 회사도 작은
세상인지라, 그 세상이 흉흉해질 때 돌변하는
인간 군상을 목격하는 건 한편으론 얼마나
재밌는 구경거리인지.

지금의 회사는 개방적인 문화가 가장 큰
장점이었습니다. 온라인 마케팅 분야에선
업계 선두 주자였기도 하고 내부적으로

마케팅 부서의 존재감이 큰 회사였죠. 반면
저희를 인수한 곳은 태생이 굴뚝 기업인
보수적인 회삽니다. 그래서인지 벌써 마케팅
부서부터 축소할 거라는 얘기가 나오고
있어요. 저는 이 생뚱맞은 두 회사의 결혼이
과연 행복할지 의문입니다.

　　행복하지 않겠죠.

　　TT가 내 말을 자르듯이 말한다.

　　대부분의 결혼이 그렇듯이. 하지만 회사
간의 결혼까지 꼭 행복할 필요가 있을까요?
수익만 잘 내면 되지.

　　수익을 잘 내면 행복한 결혼이 되는 거
아닌가요?

　　내가 되묻자 TT는 갑자기 킬킬대기
시작한다. 웃음소리가 경박하면서도 왠지
사람을 무장해제시키는 매력이 있다. 대단한
농담을 한 것도 아닌데 TT의 반응에 고무된

나는 마음이 좀 편안해진다. 점점 TT는 말이 많아진다. 어느새 나도 내 입에서 나오는 말을 의식하지 않고 떠들고 있다. 머릿속 한편에선 나 자신에게 말하는 목소리가 들린다. 아, 오늘 영어 잘된다…….

TT는 대학 시절 지금 일하는 회사의 창업자이자 CEO인 인물과 우연히 만나게 된 에피소드를 꽤 드라마틱하게 늘어놓고, 나는 약간의 찬탄을 곁들여 맞장구를 친다. 우리는 각자 지금까지 살면서 저지른 가장 바보 같은 실수에 관해 이야기한다. TT는 새로운 상사가 기분 나쁜 이메일을 꼭 자정에 보내는 못된 버릇을 가졌다고, 그 때문에 한동안 불면증으로 고생했던 얘기를 한다. 잠깐이지만 나는 내가 TT의 상사 욕을 듣고 있는 게 맞는 건가 싶어 어리둥절했다가 이내 진심으로 혀를 찬다. TT는 감탄스러울

정도로 자기표현에 거침이 없다. 아무렇지도 않게 자기 외모를 희화화하는 것도 대단한 자신감의 발로처럼 느껴진다. 우리는 마케터가 흔히 빠지는, 소비자를 이해한다는 착각에 대해 한참 의견을 주고받고, 이야기는 다시 합병으로 돌아온다. TT가 말한다.

사실 지금 우리 회사도 공격적으로 인수 합병을 하는 중이에요. 아무래도 급성장하는 회사다 보니 그런 식으로 몸집을 키우고 있죠. 초기에 투자자들에게 목을 맸던 때와는 상황이 완전히 달라졌어요. 인수하는 입장을 몇 번 겪다 보니 매번 그쪽의 알짜배기 인력이 빠져나가는 걸 막는 게 가장 고민이더군요. 하지만 제대로만 하면 직원들을 체리 피킹(cherry picking)할 수 있는 절호의 기회죠.

황 부사장이 킵할 직원이니 아니니 했던 말이 생각난다. 벌써 점령군에게 시달리는 상황이 벌어지는 회사를 생각하면 체리 피킹이라는 표현은 거슬린다. 설령 톡톡 골라낼 알짜배기 직원으로 분류되어 살아남는다 해도 앞으로 감원 대상이 되는 건 시간문제다. 내 표정이 이상한지 TT가 묻는다.

체리 피킹이 무슨 뜻인지 알아요?

알죠. 근데 저는 그 표현 좀 별로예요.

재밌는 표현 아닌가요? 체리 싫어해요?

좋아해요. 예쁘고 맛있죠.

그죠? 체리 같은 사람만 톡톡 따서 모으면 드림팀이 되는 거 아니겠어요? 리아도 자신이 체리 같은 사람이라고 생각하지 않나요?

물론이죠.

당연하다는 듯이 대답하지만 마음속 어딘가가 불편하게 서걱거린다. 나는 눈을 찡긋거리는 TT에 억지로 웃어 보인다.

테이블 위에 놓여 있던 TT의 휴대폰에서

팅, 하고 문자음이 울린다. 화면에 뜬
메시지를 확인한 TT의 얼굴이 별안간 사납게
구겨진다.

염병할!

작게 새어 나온 소리였지만 선뜩한
느낌이 들 정도로 날 선 반응이다. 뭐지?
TT는 싸늘한 표정으로 잠시 생각에 잠긴 듯
눈을 내리깐 채 아랫입술을 깨물더니 벌떡
일어난다.

리아, 미안하지만 지금 급하게 보스와
통화를 해야 할 일이 있어서요. 잠시 실례해도
될까요?

물론이죠. 심각한 일은 아니길 바라요.

뭐, 엿 같은 일은 늘 일어나죠.

이어 어깨를 으쓱하더니 신경질적으로
회의실 문을 쾅 닫고 나가버린다. 지금까지
편하게 대화를 나눈 사람이 맞나 싶다.

❖

한참이 지나도 TT는 돌아오지 않는다.
마지막에 보았던 TT의 성마른 모습을
떠올린다. 너는 체리 같은 사람이냐고 묻던
표정도, 얼굴을 구기며 내뱉던 험한 말도 모두
께름칙한 여운으로 남는다. 나는 새파랗게
어린 상사가 내게 모진 말을 하는 상상을 하며
모욕감에 치를 떤다. 나쁜 버릇이다. 함께
일하기 위해 만난 사람의 최선보다는 최악을
미리 의심하고 가늠해보는 건 회사 생활을
처음 시작했을 때는 없었던 버릇이었다. 그
사람이 조직이 정한 권력도에서 나보다 위에
있든 아래에 있든 간에 첫인상에 배반당한
경험치가 쌓였기 때문일 것이다. 특히
오래전 내 첫 부하 직원을 뽑았을 때, 나는
그의 유순한 인상과 매끄러운 답변을 액면

그대로 받아들이는 실수를 범했다. 거침없는 자기표현은 거꾸로 자기중심적이고 조심성 없는 성정의 반영일 수 있다. 나는 좋게 말을 돌려서 할 줄 모르는 되바라진 직원은 질색이다. 그렇다고 무조건 순종적이기만 하고 일을 못한다면 더 달갑지 않지만 말이다. 언젠가 옛 상사가 자기는 똑 부러지게 자기 의견을 얘기하면서도 보스라는 이유만으로 고개를 숙일 줄 아는 직원이 좋다고 말했다. 나는 그 말이 모순이라고 생각했지만, 이제는 그게 무슨 뜻인지 알 것 같다.

삽자기 해묵은 피로가 밀려온다. 새로운 회사에서 모든 걸 다시 시작해야 한다는 게 견딜 수 없이 피곤하고 버겁게 느껴진다. 그 사장에게 받았던 질문을 떠올리지 않을 수 없다. 대체 그는 어떤 맥락에서 내게 그런 질문을 던졌던 걸까. 기업 세계에 어울리는 종은 고양잇과가 아니라 갯과의 인간이라는 믿음이라도 있어서 내가 속한 종을 확인하고 싶었던 걸까. 그는 이렇게 물었다.

정리아 씨는 만약 동물이 되어야 한다면, 개와 고양이 중에 뭐가 되고 싶나요?

하마터면 실소가 나올 뻔했다.

여보세요, 아저씨. 도대체 뭘 알고 싶은 건데요? 나는 열의를 가지고 있다고요. 간절하게 이 잘나가는 회사에서 월급을 받고 싶다고요. 이 회사 이름이 찍힌 근사한 명함을 원한다고요. 저 주위 사람 눈살 찌푸리게 할 성격 아니에요. 마냥 좋다고 발발거리는 뽀삐처럼 굴진 못해도 말이죠. 생각해보세요. 나를 택하는 건 당신에게도 득이에요. 나 정도면 이 포지션에 걸맞은 전문성과 경험을 가진 적임자 아닌가요?

그의 질문에 나는 웃으며 이렇게

대답했다.

개요.

사족은 붙이지 않았다. 생글생글 웃어
보인 것만으로 할 수 있는 이상은 했다고
느꼈다. 사장은 내 대답을 어떻게 해석한 건지
모르겠지만 토를 달지 않고 다른 질문으로
넘어갔다.

아마 그는 내가 질문이 주어진 상황에서
어떻게 대처하는지를 보고 싶었을 것이다.
하지만 아무리 나를 푹푹 찔러대도
소용없다는 걸 그도 알고 있지 않았을까.
어차피 내가 보여줄 반응은 그가 가지고
있을지 모를 우려나 의문 대신 확신을 줄 수
있는 메시지를 그럴듯하게 포장해서 말하는
거니까 말이다. 솔직히 나는 지금 똥줄이
타니까 그가 어떤 요구를 해도, 가령 개나
고양이 둘 중 하나가 되라고 해도, 기꺼이

그럴 의향이 있다.

　그날 그는 인성 평가의 대가라도 되는 양 무게를 잡으며 참 희한한 질문을 많이 했다. 당신의 삶이 단 한 문장으로 기억되고 싶다면 그게 뭐냐 같은 고해성사류의 질문부터 돈을 받지 않아도 기꺼이 할 수 있는 일이 있냐고, 만약 있다면 어떤 일이 가능하겠느냐는 질문도 했다. 마지막엔 면접자로서 자기를 평가해보라고, 1에서 10까지 점수를 매긴다면 몇 점을 주겠냐고도 물었다.

　왜 그때 나는 다르게 대답하지 못하고 곧이곧대로 8점이라고 말했을까. 차마 낮은 점수를 주진 못하겠고, 그렇다고 10점이라고 하긴 낯 뜨거워서 준 8점은 얼마나 비굴한가. 그는 8점에 만족했을까. 설령 내 점수가 성에 차지 않았더라도 그는 자기 질문에 점점 위축되는 나를 보면서는 만족했을 것이다.

그럼에도 잡 인터뷰에 미덕이 없다고
하지는 못하겠다. 내 인생의 현주소를
상기시키는 역할을 하니까 말이다. 단 한 번도
유쾌하거나 개운한 뒷맛을 남겼던 인터뷰는
없었지만, 집으로 돌아올 때마다 나의 욕망과
가능성의 크기를 확인하고 타협의 여지를
고민해볼 기회가 되었던 건 사실이다.
이를테면 10년 후 자신의 모습을 그려보라는
질문 같은 게 그랬다.

　　나는 객관화된 내 모습이 제품이나
서비스별로 어떤 소비자군에 속하는지 안다.
이제 2년만 지나면 국민건강보험공단의 무료
암 검진 대상이 되는 38세 여성. 대한민국
직장인 평균을 훨씬 웃도는 연봉을 받는
경력 13년 차 부장. 연말정산을 하며 한
해가 지났음을 실감하고, 일에 대한 환상은
오래전에 사라졌으며, 이제는 지긋지긋한

관성으로 일하는 봉급 생활자. 직종은
하고 싶어 하는 사람도, 하는 사람도 많은
마케팅이기에 스스로 트렌드에 민감하다고
믿는 마케터. 때론 과감하게 자신을 위해
투자를 하기도 하지만 막상 씀씀이는
월급쟁이답게 크지 못해서 소비액 기준으론
별 볼 일 없는 소비자. 부모님이 물려주신
덕에 소형 아파트이긴 해도 자가 거주자. 한때
연애에 집착했던 시기도 있었지만 지금은
평생의 짝을 찾아 헤매는 일에 큰 미련 없는,
갈수록 혼자 지내는 게 편한 미혼.

　　이런 나의 면면을 들여다보고 있으면
앞으로 10년 후에 내가 얼마나 변해 있을지,
과연 그게 가능한 일인지 잘 상상이 되지
않는다. 앞으로 어느 회사에 다니든 매달
월급을 받으며 살아야 하는 삶이 계속되는
한 나는 그저 그럭저럭 버텨나가면서 남은

젊음을 소모해갈 게 자명하지 않은가. 시간이 갈수록 할 줄 아는 거라곤 회사 일밖에 없는 채로 말이다. 그때가 되면 예전의 내가 얼마나 의미와 즐거움으로 충만한 삶을 꿈꾸었는지 기억하지 못할 것이다. 그리고 쪼그라져버린 꿈도 더는 애달파하지 않게 될 것이다. 시간은 모든 걸 무르게 만드니까. 어쩌면 내가 꿈꾸는 10년 후의 가장 이상적인 모습은 더는 잡 인터뷰를 보지 않아도 되는 건지도 모르겠다.

벽시계를 보니 TT가 자리를 비운 지 15분이 되어간다. 이 회사와의 인연을 단념할 각오가 아니라면, TT가 돌아왔을 때 섣불리 오래 기다린 것에 대해 불쾌함을 표시해서는 안 될 것이다. 핸드백에서 휴대폰을 꺼낸다. 헤드헌터에게 문자가 와 있다. 전화 부탁드립니다. 무슨 일일까. 지금쯤이면 인터뷰가 끝났을 거라 예상하고 어땠는지 물어보려는 용건일까. 네네, 최선을 다해 열의를 보이고 있습니다. 전화할까 하다 마음을 접는다. TT가 언제 돌아올지도 모르는 데다 아직 인터뷰를 마친 것도 아니니까. 나는 계속 기다린다.

❖

드디어 TT가 나타난다. 뭘 하고 왔는지 통통한 볼이 눈에 띌 정도로 벌겋게 상기되어 있다. 늦어서 미안하다는 말은 없다. 다시 마주 앉자 TT는 웃음기 없는 목소리로 말한다.

계속할까요?

네.

나는 다음 질문을 기다린다. 잠시 침묵이 흐른다.

음……. 리아가 하고 싶은 말은 없나요?

아니면 궁금한 게 있으면 물어봐도 되고요.

생각하지 못했던 요구라 나는 잠시
머뭇거린다.

제 꿈은 소비자를 가장 잘 이해하는
마케터가 되는 건데요. 마케터로서 더
성숙해질 수 있는 성장의 경험을 이 회사에서
하고 싶습니다. 특히 이곳은 한국 시장에 막
진출한 회사라 마케팅 측면에서 하나부터
열까지 제가 기여할 수 있는 부분이 많다는
점에 매력을 느낍니다. 아까 업계 1위 업체인
Z사를 언급하셨는데요. 솔직히 저에게 연봉은
최우선순위가 아닙니다. 프로페셔널로서의
성장 가능성이 더 중요하거든요. 그만큼 저는
이 회사에서 일하고 싶습니다. 그리고 10년
후엔 제가 꿈꾸는 모습이 되어 있을 거라고
믿습니다. 열심히 할 거거든요. 저는 워라밸을
믿지 않습니다. 그건 치열하게 일하지

않는다는 뜻이니까요.

이런 말들이 내 입에서 술술 나온다는 게
한편으론 가소롭게 느껴지면서도, 제발 내가
열의에 찬 후보자라고 믿어줬으면 싶다. TT는
묘한 표정을 지어 보인다.

왜 치열하게 일하려고 하는데요?

네?

왜 치열하게 일하고 싶냐고요?

뜬금없는 질문에 나는 당황한다.

그러니까…… 꿈을 이루기 위해서요.

그건 치열하게 일하는 거랑 상관없지
않나?

입을 삐죽거리며 TT가 말한다.

그건 사람들이 믿고 싶은 환상 같은
거 아닌가요? 뭐, 좋아요. 당신이 그렇게
믿는다면 내가 알 바는 아니지. 워라밸을 믿지
않는다는 말도 그렇고. 그런데 리아, 당신

진짜 워라밸을 믿지 않는다는 둥 그딴 말을
하면, 내가 높이 평가할 거라 생각하고 그렇게
말하는 거예요?

노골적으로 냉소가 묻어나는 말투다.
갑자기 뭐가 못마땅한 걸까. 내 얼굴에도
웃음기가 가신다.

진짜 궁금해서 그래요.

이제는 아예 이죽거리는 투다.

당신이 높이 평가하기를 바라고 한 말
아닙니다. 제 생각을 편하게 얘기하라고
하시지 않았나요?

그건 그렇죠. 나는 그냥 월급 받으려고
회사 다닌다고 하는 사람들도 문제지만,
당신처럼 회사 일에 지나치게 의미 부여를
하는 것도 위험하다고 생각해요. 그런
사람들치고 행복한 사람을 아직 못 봤거든요.

TT는 짜증스럽다는 듯 미간을 찌푸린다.

이봐요, 리아. 까놓고 얘기하죠. 방금 나는 해고 통지를 받았어요.

갑자기 머릿속이 엉킨 듯 그 의미가 금방 헤아려지지 않는다.

재미있게도 방금 전에 보스가 내게 그러더군요. 너는 워라밸 따위가 중요한 거 같으니 딴 데 가서 일하라고. 대강 눈치를 채긴 했지만 설마 출장 나와 있는데 이렇게 뒤통수를 칠 줄이야. 이번 출장 동안 한국 오피스 설립 준비한다고 로펌에, 미국 상공회의소에, 무슨 협회에, 서치펌에 그 개고생을 했는데 말이에요. 뭐, 상관없어요. 어쨌든 스톡옵션 의무 보유 기간은 채웠으니 난 미련 없어.

TT는 이어 말한다.

미안하지만 당신이 지원한 이 자리는 당분간 보류예요. 하지만 내 후임자가

정해지고 다시 절차가 시작되면 그땐 꼭
당신에게 연락해서 다시 인터뷰를 잡을 수
있도록 인수인계할게요. 됐죠? 그럼 이만
마치죠. 당장 돌아갈 수 있는 항공편이
있는지부터 알아봐야 할 것 같군요. 이 개
같은 것들이 출장비는 제대로 처리해줄지
의문이네요.

　……유감이군요.

　뭐, 엿 같은 일은 늘 일어나죠.

　주섬주섬 백팩을 챙기며 일어날 준비를
하는 TT를 약간은 황당한 기분으로 바라본다.
갑자기 휴대폰 벨 소리가 울린다. TT는
재빨리 자기 휴대폰을 확인하고는 내게 어서
받으라는 시늉을 한다. 얼른 내 핸드백에서
휴대폰을 꺼낸다. 헤드헌터다. 내가
머뭇거리자 TT는 말한다.

　괜찮아요. 어서 빨리 받아요.

할 수 없이 전화를 받는다. 내가 여보세요,
라는 말을 꺼내기도 전에 약간 들떠 있는
헤드헌터의 목소리가 들린다.

정리아 씨? 좋은 소식이에요. Z사
사장님이 오늘 최종 승인하셔서 오퍼레터
준비 중이에요.

네?

거기 됐다고요.

안 된 줄 알았는데…….

사장님이 최종 후보 두 사람을 놓고
끝까지 고민하시다 정리아 씨를 뽑기로
하셨대요. 암튼 축하드립니다. 제가 지금
바빠서. 그럼 오퍼레터 마무리되는 대로 얼른
다시 연락드릴게요.

뚝, 하고 전화는 끊긴다. 됐다니…….
얼떨떨하면서도 벅찬 감정이 마음속에서
퍼져나간다. 무거운 뭔가를 내게서 덜어낸

것 같은 낯선 무게감에 나도 모르게 얕은
한숨이 나온다. TT는 백팩의 앞주머니 지퍼가
잘 안 닫히는지 거기에 정신이 팔려 있다.
나는 표정을 가다듬는다. 의례적인 인사말을
나누는 동안, 나는 내 태도에 아까와는
다른 자신감이 배어 있음을 의식한다. 먼저
일어나 걸어 나가던 TT가 갑자기 멈추더니
뒤돌아선다. 그리고 잠깐 뜸을 들이고는 내
눈을 맞추며 말한다.

　정리아 씨, 만약 이 회사와 인터뷰를 다시
하게 된다면 좀 더 캐주얼한 복장으로 와요.
우리 회사 누구도 그렇게 장례식장 직원
같은 검은 슈트는 안 입어요. 실리콘밸리의
테크 기업이라고요. 그리고 인터뷰하면서
너무 절박해 보이지 말아요. 속으로는 그래도
겉으로는 쿨할 필요가 있어요. 자신의
존재감을 더 과시하라고요. 꼰대 같은 말도

하지 말고.

나는 놀라 입이 벌어진다. 뭐? 한국말은 애기같이 말해서 영어로 하겠다고? 방금 내가 들은 TT의 말은 0.1퍼센트의 어색함도 없는 한국어다. 말을 마치자마자 TT는 뒤돌아 문 쪽으로 걸어간다.

잠깐만요!

무슨 말을 하고 싶은지도 모른 채 얼떨결에 튀어나온 말에 TT가 멈추어 선다.

왜요?

아니…… 한국말 애기같이 한다면서요?

애기했잖아요. 존댓말 불편하다고. 나보다 나이 훨씬 많지 않으세요? 이거 잡 인터뷰였다고요. 영어로 해야 내가 당신보다 더 유리한 입장이 되는 거 아닌가요?

말문이 막혀버린 나는 아무 말도 하지 못한다. TT는 문을 열고 유유히 사라진다.

❖

길었던 금요일 오후가 저문다. 이 동네 빌딩 숲에 갇혀 있는 이들은 곧 퇴근길에 올라 고대하는 주말을 향해 뿔뿔이 흩어질 것이다. 인터컨티넨탈 호텔을 빠져나온다. 걸음은 자연스럽게 지하철역 대신 코엑스몰로 향한다. 머릿속으로 상황을 정리해본다. 큰 숙제를 끝낸 것 같은 홀가분함에 기쁨의 괴성이라도 지르고 싶다. 몰을 어슬렁거리며 모처럼의 해방감을 만끽한다. 간간이 미소가 지어진다. 근사하게 차려입은 윈도 속 마네킹에게 악수라도 건네고 싶다.

문득 윤서의 회사가 근방이라는 게 생각난다. 윤서는 내 연락을 무척 반긴다. 만나 맥주라도 마시고 싶어 건 전화였지만, 아쉽게도 회식이 있어 그럴 수 없다는 답을

듣는다. 대신 하소연할 임자를 만난 것처럼
윤서는 요즘에 애를 먹이는 신입 사원의
이해할 수 없는 사고방식에 대해 분개한다.
외계인이야. 지구인 중에서도 나 같은
회사원을 괴롭히려고 온 외계인. 아무래도
통화가 길어질 것 같아 카페에 자리를 잡고
앉는다. 나는 평소보다 넉넉한 마음이 되어
윤서의 말을 들어준다. 통화를 마칠 때가
되자 그제야 윤서는 너 요즘 괜찮냐고 염려를
담은 목소리로 근황을 묻는다. 나는 합병
발표 후 회사 돌아가는 꼴이 얼마나 가관인지
토로한 후, 아직 컨피덴셜이야, 라는 단서하에
아마도 Z사에 가게 될 거라고 말한다. 윤서가
꺅, 하고 소리를 지르는 바람에 나는 한참을
웃는다. 윤서는 축하한다고, 입사한 다음
제대로 한턱내야 한다는 다짐을 내게서
받아낸다. 전화를 끊고 카페를 나와 윤서가

추천한 펍을 찾아간다. 오늘은 왠지 그냥
집으로 가고 싶지 않다.

펍은 생각보다 큰 규모다. 들어가자
어둑한 조명과 적당한 볼륨의 경쾌한 음악이
나를 반긴다. 분위기가 맘에 든다. 바의 한쪽
벽면은 각종 맥주 로고와 포스터로 채워져
있고, 안쪽에는 일렬로 놓인 알록달록한
주크박스 기계들이 벽 하나를 채우고 있다.
펍 정중앙에 위치한 원형 바는 하나의 공석도
없이 손님들로 둘러싸여 있다. 원형 바 안의
좁은 공간에선 서너 명의 바텐더가 수시로
자리바꿈을 하며 분주히 움직이고 있다.

나는 멀리 구석에 있는 이인용 테이블에
자리를 잡고 맥주를 주문한다. 음악이 귀에
감기고 혀끝에 닿는 맥주는 달다. 지난 몇
달간의 여정이 머릿속에서 느슨한 꿈처럼
흘러간다. 그동안 했던 인터뷰를 떠올리며

몇몇 순간을 복기해본다. Z사라는 종착지에 무사히 다다랐다는 자각에 다시 한번 깊이 안도한다. 나는 이 다행스러운 성취가 가져다준 달콤함을 음미하듯 맥주잔을 입술에 갖다 댄다. 알코올 기운이 온몸에 기분 좋게 퍼진다.

그러다 나는 멈칫하고 눈을 가늘게 뜬다. 뜻밖의 인물이 시야에 잡혔기 때문이다. 긴가민가했지만 저기 중앙 바 테이블에 앉아 정신없이 고개를 주억거리며 열심히 말하고 있는 여자애는 분명 TT다. 나는 정지 화면처럼 TT 옆에 앉아 있는 남자 때문에 두 사람에게서 눈을 떼지 못한다. 무슨 사이일까. 의문이 들기도 전에 남자가 벌레 씹은 얼굴로 옆의 남자와 자리를 뜨자는 눈짓을 주고받는 걸 본다. 일행은 아닌 모양이다. 나는 남자가 갔는데도 여전히 누가 옆에 있는 것처럼

떠드는 모습을 보며 TT가 꽤 취했다는 걸
깨닫는다.

TT는 바텐더를 불러 세운다. 한참 동안
계속된 그들의 대화는 TT 앞에 새로운 술잔이
놓이는 것으로 끝이 난다. TT는 칭얼대듯
자꾸 바텐더를 부르지만, 그는 무시하고 다른
손님에게 가버린다. 잠시 후 꽤 준수하게
생긴 젊은 남자가 비어 있는 TT의 옆자리에
앉는다. TT가 남자에게 말을 걸며 킬킬대는
모습을 본다. 아까 인터뷰 때 내가 저렇게
웃는 모습을 진짜 매력적으로 느꼈던가 싶다.
남자가 주문한 맥주가 나오자 TT는 남자에게
건배하자는 시늉을 하며 그의 잔에 자기 잔을
부딪친다. 남자는 얼굴을 찡그리며 아까 그
남자처럼 잔을 들고 자리에서 일어난다. TT는
아랑곳없이 술을 들이켜고 계속 떠든다. 그런
그녀를 아무도 거들떠보지 않는다. 측은한

마음이 든다. 해고 통지까지는 아니었어도
나도 비슷한 날을 겪은 적이 있다. 한참을
망설이다 맥주잔을 들고 자리에서 일어나
비어 있는 TT의 옆자리에 가 앉는다.
혼잣말하던 TT가 나와 눈이 마주친다.

앗, 나 당신 아는데.

나는 고개를 끄덕이며 말한다.

영어 말고 한국말로 해요.

그러자 TT는 픽, 하고 웃는다.

아무튼 유감이에요. 한국은 그렇게
쉽게 해고 못 해요. 물론 더 치사하고 힘든
방법으로 할 순 있지만.

TT는 대꾸하지 않는다. 지금까지
주정뱅이처럼 그렇게 떠들었으면서 갑자기
딴사람이 된 것처럼 조용하다. 가까이에서
보니 얼굴이 아기 같다. 나도 말없이 가만히
있자 TT는 시무룩한 얼굴로 한참 만에 입을

뗀다.

억울해요. 나한테 이럴 순 없어. 이건 정말 페어하지 않다고요, 리아.

원래가…… 페어하지 않은 거잖아요. 당신 말처럼 뭐, 엿 같은 일은 늘 일어나죠.

TT는 아무런 대꾸도 없다. 한동안 이어진 침묵을 이번에는 내가 깬다.

돌아가면 뭐 할 거예요?

나는 두둑한 스톡옵션을 챙기게 될 젊은 애는 어떤 특별한 계획이 있을지 궁금하다.

뭘 하긴요. 직장 알아봐야죠. 돌아가자마자 잡 인터뷰 하나 볼 거예요.

아.

나는 우리가 계속 한 사람은 영어로, 다른 한 사람은 한국어로 대화하고 있다는 걸 깨닫는다. 나는 말한다.

행운을 빌어요.

고마워요.

TT는 자리에서 일어나며 내게 인사말
대신 어정쩡한 미소를 지어 보인다. 나도
웃어 보인다. 술값을 내가 내겠다고 말하려다
관둔다. TT가 카운터에서 계산하는 걸
지켜본다. 어깨에 멘 검은 백팩은 아까보다
배가 불룩하고 한 손엔 로드숍 화장품 쇼핑백
서너 개가 들려 있다. 나는 쇼핑백을 펄럭이며
휘청거리는 걸음으로 펍을 나가는 TT의
모습이 사라질 때까지 물끄러미 바라본다.

코엑스몰을 터벅터벅 걸어가는 리아의
뒷모습을 본다. 휘청거리는 걸음으로 호텔로
돌아가는 TT의 모습도. 왠지 둘의 모습은
크게 달라 보이지 않는다. 길었던 그들의
하루. 이어지는 짧은 주말이 지나면 두 사람은
다시 각자의 회사로 향하고 이메일을 쓰고
분투하듯 하루를 보낼 것이다. 잡 인터뷰 때
대면했던 '나는 누구인가'라는 질문은 다시
잠시 보류한 채로. 나는 그들이 최선을 다하고
있다는 걸 안다. 그리고 가끔은 따뜻한 포옹이

필요하다는 것도. 맞다. 우리는 포옹을 많이
하고 살아야 한다.

　　회사 생활에 대한 염증이 한계치에
도달할 때마다 회의했었다. 왜 나는 여기에서
인생을 낭비하고 있나. 왜 이토록 나를
소진하고 있나. 하지만 그랬던 시간이 저만치
내 뒤로 지나가버린 지금, 조금은 알겠다.
낭비하고 소진했던 시간이었기에 차오르고
얻었던 게 있었다는 걸.

　　"결국 우리는 모두 이야기가 된다(In the
end, we all become stories)"는 마거릿 애트우드의
말을 좋아한다. 우리는, 우리의 삶은 각자
고유한 이야기다. 그 이야기는 누구의 것이든
경청할 이유가 있고 그럴 만한 가치가 있다.
그렇다고 믿는다. 어떤 형식의 이야기든 좋은

이야기를 만나면 가슴이 뛴다. 그럴 때마다 나도 좋은 이야기를 쓰고 싶어진다. 내 마음속 언저리 어딘가에서 자꾸 나를 괴롭히거나 살살 간지럽히는 이야기의 씨앗을 느끼는 순간을 고대하게 된다.

단편은 작고도 커다란 그릇이다. 그 그릇 안에 잡 인터뷰라는 세계를 담을 수 있었기에 2024년은 좋았던 해로 기억될 것 같다. 이 소설을 위해 긴 인터뷰에 응해준 베테랑 마케터이자 오래전 나의 동료였던 백선아에게 감사의 마음을 전한다. 아끼는 동생인 그녀에게 나는 항상 깨어 있고 안주하지 않는 프로페셔널의 자세를 배운다. 함께 같은 길을 걷는 것만으로도 소중한 인디소회 친구들에게도 감사와 애정을 전한다.

무엇보다 올해 만난 특별한 사람을
꼽자면 곽선희 편집자를 꼽지 않을 수 없다.
나는 그녀가 앞으로 얼마나 멋진 책들을
만들어낼지 너무너무 궁금하다. 다시
한번 위픽 시리즈에 참여할 기회를 주신
위즈덤하우스와 편집자님께 감사드린다.

마지막으로 별 아저씨. 그가 있어 사랑을
믿고 살 수 있다.

2024년 겨울

박이강

박이강 작가 인터뷰

Q. 《잡 인터뷰》라는 작품을 두고 '인터뷰'를 하려니 뭔가 쑥스럽고 민망하기도 합니다. 작품 속 면접관인 'TT'와 구직자인 '리아' 모두 자기소개를 싫어한다고 말하지만, 그래도 리아의 말처럼 "인터뷰에서 자기소개를 해보라는 건 일종의 의무 문항"(11쪽)에 가깝지요. 시작은 '판에 박힌 인터뷰' 스타일로, 작가님께 자기소개를 여쭙고 싶습니다.

평소 자기소개를 할 때 TT나 리아처럼 어려움을 겪으실 때가 있는지, 지금 이 책을 읽고 있을 위픽 독자들에게 작가님을 어떻게 소개하고 싶으신지, 위픽 독자를 염두에 두었을 때 자기소개에 달라지는 점이 있는지 궁금해요. 만약 달라지는 점이 있다면 어떤 이유에서인지도 듣고 싶습니다.

A. 자기소개를 해야 할 때면 늘 리아처럼 막막한 기분이 듭니다. 어떻게 시작해야 하나 궁리하다 저의 첫 소설집 《어느 날 은유가 찾아왔다》의 〈작가의 말〉에 썼던 문장을 빌려 올까 해요. 그러니까 "소설을 쓰는 일로 기업세계에서의 삶을 견디는 시간을 지나왔다"라고요. 저는 오랫동안 여러 글로벌 기업에서 일했습니다. 성인이 된 후의 삶 대부분을 출근과 퇴근을 반복하며 살았기 때문에, 일하는 삶, 그것의 의미와 딜레마는 항상 저의 가장 절실한 화두였죠. 소설을 만난 건 우연이었습니다. 뒤늦은 일탈처럼 시작된 소설 쓰기는 낮에는 일을 하고 밤에는 글을 쓰는 이중생활로 이어졌고, 꽤 오랫동안 회사와 소설이라는 양극단의 세계를 오가며 헤매는 시간을 보냈지요. 운 좋게도 지금은 직장인의 삶을 마감하고 작가의 삶을 살고

있고요.

소설을 읽는다는 건 타자의 세계에 기꺼이 자신을 던져 몰두하는 방식으로 궁극적으로 자신과 만나는 내밀한 경험입니다. 그래서 그런 경험을 공유한 위픽 독자들을 염두에 둔 제 소개라면 친한 사람과 나누는 대화처럼 제가 좋아하는 것들을 얘기하고 싶네요.

갈수록 읽고 쓰는 일이 소중하게 느껴집니다. 예술은 삶을, 적어도 한 사람의 삶은, 그 삶의 일부일지언정 변화시킬 수 있다고 믿습니다. 좋아하는 작가는 계속 변하기 때문에 누구를 좋아한다고 말할 때 '가장'이라는 최상급 수식어는 가급적 붙이지 않으려고 하지만, 어쨌든 사랑하는 작가나 작품이 많아지는 건 행복한 일입니다. 내가 잠시 머물렀던 기억 속 도시들을 소환하거나

아직 가보지 못한 도시를 상상하는 걸
좋아합니다. 공항의 냄새를, 여행할 때
달라지는 시간의 밀도를 좋아하고요.
영화관의 어둠 속에서 펼쳐지는 세계를
좋아합니다. 사실 소설보다 더 오랫동안
좋아해왔습니다. 그리고 카메라를 들고
나가 거리에서 셔터를 누를 때의 설렘을
좋아합니다.

Q. 작년에 출간하신 첫 소설집 《어느 날 은유가 찾아왔다》는 오랜 직장 생활의 경험을 바탕으로 쓴 작품들을 묶었다는 인터뷰를 본 적 있어요. 〈잡 인터뷰〉 역시 직장인인 리아가 여러 외국계 회사와 면접하는 이야기를 담았고요. 이번에도 직장인이 등장하는 소설을 써야겠다고 생각하신 이유가 있나요? 이 소설은 어디에서 시작되었나요?

A. 저는 잡 인터뷰가 굉장히 폭력적인 방식의 커뮤니케이션이라는 생각을 자주 했습니다. 살면서 '나는 누구인가'라는 그 거대한 질문에 답하라고 당당히 요구할 수 있는 타인의 존재를 만나는 경우는 흔치가 않잖아요. 하지만 잡 인터뷰에서는 나를 심문하고 심판하는 자로서 상대의 존재를 인정해야만 하죠. 나에 대한 가차 없는 평가를 전제하는 자리라는 것도요. 그리고 나는 어떻게든 내가 누구인지를 정의해내야 합니다. 세상에나. 아직도 나는 내가 누군지 잘 모르겠는데 말이죠. 잡 인터뷰는 기업 세계의 두 축인 고용인과 피고용인을 대표하는 두 개체가 각자의 이해관계를 위해 벌이는 탐색전이고, 여기에서 벌어지는 이야기야말로 기업 세계의 속성을 잘 보여준다고 생각합니다. 그래서 잡 인터뷰가

시작되는 순간부터 끝날 때까지를 하나의
단편소설로 써보고 싶다는 생각은 오래전부터
했었어요.

　　초고는 애초의 구상대로 Z사의 사장과
리아 간의 잡 인터뷰 내용이었습니다. 그런데
써놓고 보니 너무 재미가 없는 거예요.
그래서 Z사 사장과 여러모로 대조적인
TT라는 새로운 인물을 떠올리게 되었고, 전체
이야기도 TT와 리아 간의 인터뷰가 주가 되는
내용으로 바뀌었습니다.

Q. 아무래도 직장 생활을 오래하신 대선배(!)시다 보니 구직자보다는 면접관으로서의 경험이 더 많지 않을까 했는데요. 그럼에도 명확한 위계가 설정된 관계에서, 이 상황을 불공정하고 불합리하게 느끼면서도 인터뷰어에게 잘 보이고자 하는 인터뷰이의 긴장감과 절박함이 책장 너머로 잘 전달되고 있다고 느꼈습니다.

특히 "다만 '나는 누구인가'라는 그 거대한 질문에 답하라고 당당히 요구할 수 있는 낯선 타인 앞에서 사정없이 쪼그라들었던 느낌은 지금도 생생하다"(13쪽)라든지 "하지만 아무리 나를 푹푹 찔러대도 소용없다는 걸 그도 알고 있지 않았을까. 어차피 내가 보여줄 반응은 그가 가지고 있을지 모를 우려나 의문 대신 확신을 줄 수 있는 메시지를 그럴듯하게 포장해서 말하는 거니까 말이다"(35쪽) 같은 구절에서요.

　　이 소설에 면접관이 아니라 구직자의
입장을 담게 된 이유도 궁금합니다.

A. 여러 기업을 거치며 일하는 동안 저 역시 자의 반, 타의 반 많은 면접을 보았습니다. 완벽한 공연을 끝내고 박수를 받으며 무대를 떠나는 배우처럼 행복한 기분으로 걸어 나왔던 인터뷰도 있었고, 끝난 후 설명하기 힘든 모멸감에 화장실에서 몰래 훌쩍였던 인터뷰도 있었죠. 면접관의 입장에서 직원을 뽑아보기도 했습니다. 이상적인 적임자를 뽑아야 한다는 점에서 그 입장에서 느끼는 절실함은 사실 구직자와 다를 게 없죠. 면접관으로서 그리고 면접자로서 경험이 많은 건 어느 역할을 하게 되어도 양쪽의 입장이랄까 생리를 이해할 수 있게 되지만, 돌이켜보면 모종의 자각이었든 상처였든 간에 내게 생각할 거리를 던져줬던 건 면접자의 입장이었을 때가 훨씬 더 많았던 것 같습니다. 대부분의 잡 인터뷰에선

구직자가 약자가 될 수밖에 없으니까요.

약자가 될 때 우리는 더 예민해지고 삶의

진실에 가까이 다가가게 되죠. 그래서

주인공이 면접관이 아니라 구직자가 되는 건

자연스러운 선택이었습니다.

Q. 소설 속에서 TT와 리아는 "뭐, 엿 같은 일은 늘 일어나죠"라는 말을 주고받습니다. 두 번은 TT가 말하고, 두 사람이 헤어지기 전 "억울해요. 나한테 이럴 순 없어. 이건 정말 페어하지 않다고요, 리아"라고 말하는 TT에게 리아가 "당신 말처럼 뭐, 엿 같은 일은 늘 일어나죠"(55쪽)라고 돌려주지요.

이 말은 왜 회사를 옮기려고 하냐는 TT의 질문에 대한 리아의 대답과도 이어집니다. "하지만 이 모든 변화가 제 의지로 어떻게 할 수 있는 게 아니기 때문에 크게 상심하진 않습니다. 오히려 새로운 도전과 기회를 모색할 타이밍으로 느껴져요."(18~19쪽) 즉, 엿 같은 일은 늘 일어나고 우리는 어떻게 해서든 이 엿 같은 일을 지나치거나 넘어설 궁리를 해야 하지요. 이게 엿 같다고 생각하면서도요.

이는 또한 "언젠가 옛 상사가 자기는

똑 부러지게 자기 의견을 얘기하면서도
보스라는 이유만으로 고개를 숙일 줄 아는
직원이 좋다고 말했다"(33쪽)는 구절과
같은 냄새를 풍기는 듯해요. 어쨌거나 최종
승복하는 자세라는 것이요. 물론 저마다 절대
받아들일 수 없는 무언가를 가지고 있겠으나,
조직 안에서 최종 결정권자가 아닌 한
이러한 처세술은 상호간의 정신 건강을 위해
필요하지 않은가 싶었어요. 그것이 뜻대로
잘되느냐 아니냐는 다른 문제이지만요.

　　결국 회사 생활은 영원히 끝나지 않는
잡 인터뷰의 연속이라는 생각도 들고, 이
소설은 작가님께서 선배 사회인으로서 주는
나름의 팁이라고 느껴지기도 하는데요. "뭐,
엿 같은 일은 늘 일어나죠"라는 문장을 여러
번 반복하신 의도를 작가님께 직접 듣고
싶습니다.

A. 뭐, 엿 같은 일은 진짜 늘 일어나니까요(웃음). 이걸 쓸 때 먼저 떠오른 건 "Well, shit happens"라는 영어 표현이었는데요. 그걸 어떻게 번역할지 고민하다 뭐, 엿 같은 일은 늘 일어나니까요, 라는 문장이 나오게 되었습니다.

우리의 삶은 예측 가능하지 않고 부조리한 일들로 가득합니다. 성인이 된다는 건, 밥벌이를 한다는 건, 그리고 나이를 먹어간다는 건 그렇게 부조리한 '엿 같은 일'의 경험치가 쌓이는 과정 아닐까요. TT와 리아가 말하는 엿 같은 일은 그들이 일하는 세계에서 겪는 부조리함에 대한 냉소적인 표현이겠죠. 동시에 상황을 정당화하고 다시 앞으로 나아갈 수밖에 없는 그들 자신을 보호하기 위한 무력한 표현이기도 하고요.

Z사로 옮긴 리아의 삶은 앞으로 어떻게

될지 상상해봅니다. 아마도 엿 같은 일은 계속 일어날 거고, 매달 월급을 받으며 살아야 하는 삶이 계속되는 한 극적인 변화는 없을 겁니다. 씁쓸하지만 말이죠. 그런 의미에서 회사 생활은 영원히 끝나지 않는 잡 인터뷰의 연속 같다고 하신 말에 동의합니다.

Q. 직장 생활 하면 빠질 수 없는 이야기인 '워라밸'에 대해서도 말씀 나눠보고 싶습니다. 워크라이프 밸런스(work-life balance) 즉, 일과 삶의 균형을 가리키는 워라밸을 놓고 리아는 구직자로서의 모범 답변("저는 워라밸을 믿지 않습니다. 그건 치열하게 일하지 않는다는 뜻이니까요."(41~42쪽))을 말하고, TT는 워라밸을 중시하는 바람에 (핑계일 수도 있으나) 회사에서 해고당하지요.

'밸런스'는 굉장히 이상적인 단어잖아요. 균형을 맞추어야 한다는 말에 선뜻 반박할 수 있는 사람이 많지 않을 겁니다. 하지만 그 무게중심은 사람마다 다른 것 같아요. 예를 들어 저는 시간보다는 공간을 기준으로 두고 사무실 밖에서는 일을 하지 않기 위해 노력하고 있는데, 저와 달리 절대적인 업무 시간을 지키는 것이 워라밸이라고 생각하는 분들도 있을 거예요.

　작가님께서 생각하시는 일과 삶의 적절한 균형이란 무엇인가요? 균형을 맞추기 위해 노력하신 적이 있으신지도 궁금합니다.

A. 저는 일과 삶의 균형을 뜻하는 워라밸이야말로 현대자본주의 사회의 대표적인 모순어법이라고 생각해요. 일과 삶을 별개의 덩어리로 잘라 천칭의 양쪽 저울에 올려놓고 무게를 재고 기울기를 조정한다는 게 과연 가능한 일인가 싶거든요. 적어도 제가 경험한 기업 세계에서의 일은 그랬습니다. 그 일이란 삶의 대부분을 바치지 않으면, 그리고 내 에너지의 100퍼센트, 아니 120퍼센트를 소진하지 않으면 지속 가능하지도 않고 생존할 수도 없는 속성을 가졌었거든요. 그래서 제게 워라밸은 '아메리칸드림'처럼 근사한 허울로 포장되어 있지만 안을 들여다보면 모순으로 가득한 표현으로 들립니다.

물론 일과 삶을 어떻게 정의하느냐에 따라 워라밸의 의미는 다르게 해석될 수도 있겠죠. 하지만 자신에게 일이 단순히 돈을 버는 것 이상의 의미와 재미를 추구하고자 하는 무엇이라면, 일과 삶은 상충하는 게 아니라 상호보완적인 개념에 가깝다고 생각합니다. 한 분야에서 프로페셔널이 되는 과정에서 일에 헌신하고 몰두해본 경험은 소중한 것이죠. 그걸 굳이 삶과 비교해 무게를 저울질한다는 건 의미 없다고 봐요. 그래서 저는 '일과 삶의 균형'보다는 자신만의 '삶의 우선순위'를 정하는 게 훨씬 더 중요하다고 생각합니다. 살면서 삶의 우선순위는 계속 변할 수밖에 없고, 그 변화를 수용하는 과정에서 나다움을 잃지 않고 지키는 것, 그거야말로 정말 어려운 과제겠죠.

한 조각의 문학, 위픽 (wefic)

연여름 《2학기 한정 도서부》
서미애 《나의 여자 친구》
김원영 《우리의 클라이밍》
정지돈 《현대적이라고 말할 수 없는 죽음들》
이서수 《첫사랑이 언니에게 남긴 것》
이경희 《매듭 정리》
송경아 《무지개나래 반려동물 납골당》
현호정 《삼색도》
김 현 《고유한 형태》
이민진 《무칭》
김이환 《더 나은 인간》
안 담 《소녀는 따로 자란다》
조현아 《밥줄광대놀음》
김효인 《새로고침》
전혜진 《고르디우스의 매듭을 자르면》
김청귤 《제습기 다이어트》
최의택 《논터널링》
김유담 《스페이스 M》
전삼혜 《나름에게 가는 길》
최진영 《오로라》
이혁진 《단단하고 녹슬지 않는》
강화길 《영희와 제임스》
이문영 《루카스》
현찬양 《인현왕후의 회빙환을 위하여》
차현지 《다다른 날들》
김성중 《두더지 인간》
김서해 《라비우와 링과》
임선우 《0000》
듀 나 《바리》
한유리 《불멸의 인절미》
한정현 《사랑과 연합 0장》
위수정 《칠면조가 숨어 있어》
천희란 《작가의 말》
정보라 《창문》
이주란 《그때는》
김보영 《헤픈 것이다》
이주혜 《중국 앵무새가 있는 방》

위픽은 위즈덤하우스의 단편소설 시리즈입니다.
'단 한 편의 이야기'를 깊게 호흡하는
특별한 경험을 선사합니다.

이 작은 조각이 당신의 세계를 넓혀줄
새로운 한 조각이 되기를.
작은 조각 하나하나가 모여
당신의 이야기가 되기를.

당신의 가슴에 깊이 새겨질
한 조각의 문학, 위픽

위픽 뉴스레터 구독하기
인스타그램 @wefic_book

- 73

잡 인터뷰

초판 1쇄 인쇄 2024년 11월 22일
초판 1쇄 발행 2024년 12월 11일

지은이 박이강
펴낸이 최순영

출판2 본부장 박태근
스토리 팀장 김소연
편집 곽선희 김다인 김해지
디자인 김준영 이세호

펴낸곳 ㈜위즈덤하우스 **출판등록** 2000년 5월 23일 제13-1071호
주소 서울특별시 마포구 양화로 19 합정오피스빌딩 17층
전화 02) 2179-5600 **홈페이지** www.wisdomhouse.co.kr

ⓒ 박이강, 2024

ISBN 979-11-7171-724-8 04810
      979-11-6812-700-5 (세트)

값 13,000원